Yoko

MONTAÑA
ENCANTADA

Rosemary Wells

Yoko

EVEREST

—¿QUÉ QUIERES HOY PARA COMER,
CARIÑO? —PREGUNTÓ LA MAMÁ DE YOKO.
—MI COMIDA FAVORITA, POR FAVOR
—RESPONDIÓ YOKO.

LA MAMÁ DE YOKO EXTENDIÓ ARROZ HERVIDO EN UNA ESTERA DE BAMBÚ. COLOCÓ UNA SORPRESA DENTRO DE CADA ROLLO DE ARROZ Y LUEGO LOS GUARDÓ EN UN RECIPIENTE PARA CONSERVAR EL FRÍO.

—QUE TENGAS UN BUEN DÍA EN LA
ESCUELA, CARIÑO —DIJO LA MAMÁ DE YOKO.
—SEGURO QUE SÍ —RESPONDIÓ YOKO.

YOKO SALUDÓ A SUS AMIGOS.
POR LA MAÑANA, EN LA CLASE DE LA
SRA. JENKINS, TODOS CANTARON
LA CANCIÓN "LOS BUENOS DÍAS".

AL MEDIODÍA, LA SRA. JENKINS TOCÓ LA
CAMPANA DE LA COMIDA.

—POR FAVOR NIÑOS, SACAD VUESTRA
COMIDA Y ABRIDLA —DIJO LA SRA. JENKINS.

TIMOTHY DESENVOLVIÓ UN SÁNDWICH DE
MANTEQUILLA DE CACAHUETE Y MIEL. VALERIE
UNO DE CREMA DE QUESO Y MERMELADA.

FRITZ TENÍA ALBÓNDIGAS. TULIP QUESO
SUIZO EN PAN DE CENTENO.

HAZEL LLEVÓ ENSALADA DE HUEVO EN
PAN NEGRO. DORIS QUESO DERRETIDO
EN PAN BLANCO.

LOS HERMANOS FRANK SALCHICHAS
CON ALUBIAS.

YOKO ABRIÓ EL RECIPIENTE. DENTRO ESTABA SU *SUSHI* FAVORITO. EN LOS ROLLOS DE ARROZ SE ESCONDÍAN LOS PEPINOS MÁS FRESCOS, LOS CAMARONES MÁS ROSADOS, LAS ALGAS MÁS VERDES Y EL ATÚN MÁS SABROSO.

—¿QUÉ CLASE DE COMIDA ES ÉSA? —PREGUNTÓ UNO
DE LOS FRANK—. ¡PUAJ! ¡ES VERDE! ¡SON ALGAS!

—¡OH, NO! —DIJO EL OTRO FRANK—.
NO ME DIGAS QUE ES ¡PESCADO
CRUDO!

—¡MIRAD! ¡SE MUEVE! —DIJO DORIS.
—¡PUAJJJJ! —EXCLAMARON TULIP Y FRITZ.

VALERIE TOCÓ LA CAMPANA DEL RECREO.
—¡AL PATIO! —DIJO VALERIE.

YOKO NO QUERÍA JUGAR A LA PELOTA NI COLUMPIARSE.
—¿QUÉ TE OCURRE, YOKO? —PREGUNTÓ LA SRA. JENKINS.

—TODOS SE HAN REÍDO DE MI COMIDA —DIJO YOKO.
—SE LES OLVIDARÁ PARA LA HORA DE LA MERIENDA
—RESPONDIÓ LA SRA. JENKINS.

PERO NO SE LES OLVIDÓ. DURANTE LA MERIENDA,
YOKO SE TOMÓ UNA TAZA DE HELADO DE ALUBIAS
ROJAS.

—¡HELADO DE ALUBIAS ROJAS! ¡QUÉ DISPARATE!
—DIJERON LOS FRANK SOLTANDO UNA RISOTADA.
LA SRA. JENKINS PUSO LA CANCIÓN DE "LA AMISTAD".

ESA NOCHE, LA SRA. JENKINS NO PODÍA DEJAR DE PENSAR EN YOKO. HASTA QUE SE LE OCURRIÓ UNA IDEA.

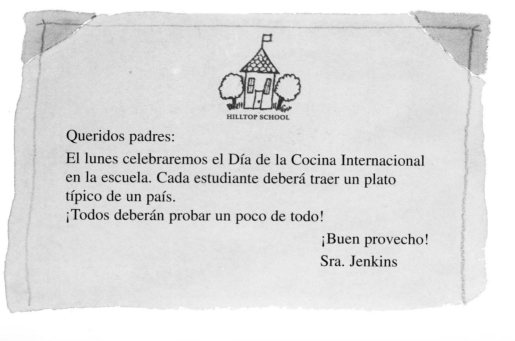

HILLTOP SCHOOL

Queridos padres:

El lunes celebraremos el Día de la Cocina Internacional en la escuela. Cada estudiante deberá traer un plato típico de un país.

¡Todos deberán probar un poco de todo!

¡Buen provecho!
Sra. Jenkins

—PREPARAREMOS UN DELICIOSO *SUSHI* PARA
TODA LA CLASE —DIJO LA MAMÁ DE YOKO—. NO
TE PREOCUPES, CARIÑO MÍO, TODOS PROBARÁN
NUESTRO *SUSHI* ¡Y LES ENCANTARÁ!

EL LUNES POR LA MAÑANA, VALERIE
Y SU MAMÁ LLEVARON UNA FUENTE
DE ENCHILADAS.

TIMOTHY Y SU MAMÁ HICIERON UN DULCE
DE COCO ESTILO CARIBEÑO.

HAZEL LLEVÓ SOPA
DE NUECES DE
NIGERIA.

HARRY LLEVÓ
FRUTOS SECOS
DE BRASIL.

DORIS LLEVÓ
ESTOFADO
IRLANDÉS.

MÓNICA LLEVÓ
UNA JARRA DE
BATIDO DE MANGO.

TULIP LLEVÓ
EMPANADITAS DE
PAPA DE ISRAEL.

FRITZ LLEVÓ
ESPAGUETIS.

EL PADRE DE LOS FRANK COCINÓ
UNA OLLA DE SALCHICHAS CON
ALUBIAS, PLATO TÍPICO DE BOSTON.

AL MEDIODÍA, LA SRA. JENKINS TOCÓ LA CAMPANA
DE LA HORA DE LA COMIDA Y TODOS CANTARON LA
CANCIÓN DE "A LAVARSE LAS MANOS".

—NIÑOS Y NIÑAS, ¿QUÉ SIGNIFICA EL DÍA DE LA COCINA INTERNACIONAL? —PREGUNTÓ LA SRA. JENKINS.

—¡QUE HAY QUE PROBAR DE TODO! —CONTESTARON A LA VEZ.

CUANDO VALERIE SOPLÓ EL SILBATO DE
LA HORA DEL RECREO, NO QUEDABA NI UN
FRUTO SECO NI UN SORBO DE BATIDO.

PERO NADIE HABÍA PROBADO NI UN
TROCITO DEL *SUSHI* DE YOKO.

YOKO SE SENTÓ BAJO EL ÁRBOL DEL
SABER.

DE REPENTE, OYÓ EL RUIDO DE UNOS
PALILLOS CHINOS.

ERA TIMOTHY. TODAVÍA TENÍA HAMBRE.

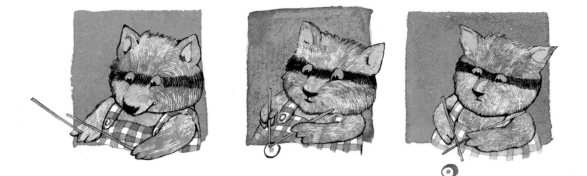

—DÉJAME QUE TE ENSEÑE CÓMO SE HACE —LE
DIJO YOKO.

TIMOTHY SE COMIÓ EL RESTO DE LOS CONOS DE CANGREJO A SU MANERA.

—¿MAÑANA PODREMOS TOMAR *SUSHI* OTRA VEZ? —PREGUNTÓ.

—SE LO DIRÉ A MI MAMÁ —RESPONDIÓ YOKO.

DURANTE LA CANCIÓN "EL AUTOBÚS
ESCOLAR", TIMOTHY ENCONTRÓ UN DULCE
DE COCO EN EL BOLSILLO. SE LO DIO A YOKO.
—¡ES MEJOR QUE EL HELADO DE ALUBIAS
ROJAS! —DIJO YOKO.

EN EL AUTOBÚS, TIMOTHY Y YOKO
HICIERON PLANES PARA COLOCAR SUS
PUPITRES UNO FRENTE AL OTRO Y
ABRIR UN RESTAURANTE AL DÍA
SIGUIENTE.

Y ASÍ LO HICIERON. COMIERON SÁNDWICHES DE TOMATE Y ROLLITOS DE DRAGÓN.

DE POSTRE COMIERON PASTELITOS DE CHOCOLATE CON HELADO DE TÉ VERDE. ¡FUE UNA COMIDA ESTUPENDA!

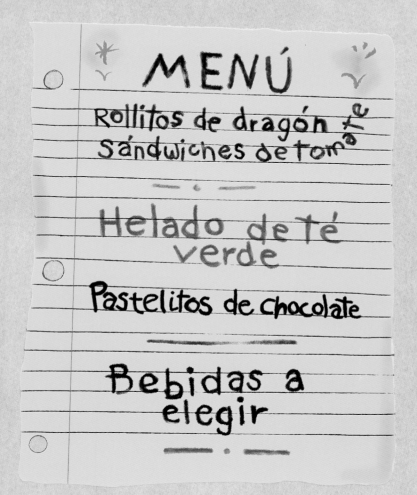

MENÚ

Rollitos de dragón
sándwiches de tomate

Helado de té verde

Pastelitos de chocolate

Bebidas a elegir

Dirección editorial: Raquel López Varela
Coordinación editorial: Ana María García Alonso
Maquetación: Cristina A. Rejas Manzanera
Diseño de cubierta: Jesús Cruz

Título original: *Yoko*
Traducción: Sandra López Varela

Text copyright © 1998 by Rosemary Wells
Illustrations copyright © 1998 by Rosemary Wells
All rights reserved
Originally published in the United States and Canada by
Hyperion Books for Children as *Yoko*. This translated edition published
by arrangement with Hyperion Books for Children.
© EDITORIAL EVEREST, S. A.
Carretera León-La Coruña, km 5 - LEÓN
ISBN: 84-241-8034-8
Depósito legal: LE. 679-2003
Printed in Spain - Impreso en España

EDITORIAL EVERGRÁFICAS, S. L.
Carretera León-La Coruña, km 5
LEÓN (España)

www.everest.es